ARIE

Pietro Metastasio

Texte et illustration de couverture : © domaine public
Edition : Culturea (Hérault, 34)
Contact : infos@culturea.fr
Retrouvez notre catalogue sur http://culturea.fr
Imprimé en Allemagne par Books on Demand
Design typographique : Derek Murphy
Layout : Reedsy (https://reedsy.com/)

Dépôt légal : janvier 2023
Tous droits réservés pour tous pays

ISBN : 9791041842384

I

Non so dir se sono amante;
ma so ben che al tuo sembiante
tutto ardore pena il core,
e gli è caro il suo penar.
Sul tuo volto, s'io ti miro,
fugge l'alma in un sospiro,
e poi riede nel mio petto
per tornare a sospirar.

II

Semplice fanciulletto
se al tenero augelletto
rallenta il laccio un poco,
il fa volar per gioco,
ma non gli scioglie il piè.
Quel fanciullin tu sei,
quell'augellin son io;
il laccio è l'amor mio,
che mi congiunge a te.

III

Così non torna fido
quell' augelletto al nido
la pargoletta prole
col cibo a ravvivar;
come ritorna spesso
fedele il mio bel Sole
del cor, che langue oppresso,
la pena a consolar.

IV

Per esca fallace
di un labbro mendace
vantate nel core
l'amore e la fé.
Ridendo piangete,
piangendo ridete;
e già su quel viso
il pianto ed il riso
d'amore o di sdegno
più segno non è.

V

LICORI   Ombre amene, amiche piante
il mio bene, il caro amante,
chi mi dice ove n'andò?
Zeffiretto lusinghiero,
a lui vola messaggiero;
dì che torni, e che mi renda
quella pace, che non ho.
TIRSI La mia bella pastorella,
chi mi dice ove n'andò?

VI

Io dico all'antro, addio;
ma quello al pianto mio
sento che mormorando,
addio, risponde.
Sospiro, e i miei sospiri
ne' replicati giri
Zeffiro rende a me
da quelle fronde.

VII

Alla stagion novella
fin dall'opposto lido
torna la rondinella
a riveder quel nido,
che il verno abbandonò.
Così il mio cor fedele,
nel suo penar costante,
ritorna al bel sembiante,
che per timor lasciò.

VIII

L'onda, che mormora
tra sponda e sponda,
l'aura, che tremola
tra fronda e fronda,
è meno instabile
del vostro cor.
Pur l'alme semplici
de' folli amanti
sol per voi spargono
sospiri e pianti,

e da voi sperano

fede in amor.

IX

Vedeste mai sul prato

cader la pioggia estiva?

Talor la rosa avviva

alla viola appresso:

figlio del prato istesso

è l'uno e l'altro fiore;

ed è l'istesso umore,

che germogliar li fa.

Il cor non è cangiato,

se accusa o se difende.

Una cagion m'accende

di sdegno e di pietà.

X

Fra l'orror della tempesta,

che alle stelle il volto imbruna,

qualche raggio di fortuna

già comincia a scintillar.
Dopo sorte sì funesta
sarà placida quest'alma,
e godrà tornata in calma
i perigli rammentar.

XI

I suoi nemici affetti
di sdegno e di timor
il placido pensier
più non rammenti.
Se nascono i diletti
dal grembo del dolor,
oggetto di piacer
sono i tormenti.

XII

Piangendo ancora
rinascer suole
la bella Aurora
nunzia del Sole,

e pur conduce

sereno il dì.

Tal fra le lagrime

fatta serena,

può da quest'anima

fugar la pena

la cara luce

che m'invaghì.

XIII

È in ogni core

diverso amore.

Chi pena ed ama

senza speranza;

dell'incostanza

chi si compiace:

questo vuol guerra,

quello vuol pace;

v'è fin chi brama la crudeltà.

Fra questi miseri

se vivo anch'io,

ah non deridere

l'affanno mio,

che forse merito

la tua pietà!

XIV

È follia se nascondete,

fidi amanti, il vostro foco:

a scoprir quel che tacete

un pallor basta improvviso,

un rossor che accenda il viso,

uno sguardo ed un sospir.

E se basta così poco

a scoprir quel che si tace,

perché perder la sua pace

con ascondere il martìr?

XV

Rondinella, a cui rapita

fu la dolce sua compagna,

vola incerta, va smarrita

dalla selva alla campagna,

e si lagna, intorno al nido,

dell'infido cacciator.

Chiare fonti, apriche rive

più non cerca, al dì s'invola,

sempre sola, e finché vive

si rammenta il primo amor.

XVI

Se intende sì poco

che ho l'alma piagata,

tu dille il mio foco,

tu parla per me.

(Sospira l'ingrata, contenta non è).

Sai pur che l'adoro,

che peno, che moro,

che tutta si fida

quest'alma di te.

(Si turba l'infida,

contenta non è).

XVII

Ei d'amor quasi delira,

e il tuo labbro lo condanna?

Ei mi guarda, e poi sospira,

e tu vuoi che sia crudel ?

Ma sia fido, ingrato sia,

so che piace all'alma mia;

e, se piace allor che inganna,

che sarà quando è fedel ?

XVIII

Il pastor, se torna Aprile,

non rammenta i giorni algenti;

dall'ovile all'ombre usate

riconduce i bianchi armenti e

le avene abbandonate

fa di nuovo risonar.

Il nocchier, placato il vento,

più non teme o si scolora;

ma contento in su la prora

va cantando in faccia al mar.

XIX

D'un genio, che m'accende,

tu vuoi ragion da me?

Non ha ragione amore,

o, se ragione intende,

subito amor non è.

Un amoroso foco

non può spiegarsi mai:

dì che lo sente poco

chi ne ragiona assai,

chi ti sa dir perché.

XX

Sentirsi dire

dal caro bene:

Ho cinto il core d'altre catene,

quest'è un martìre,

quest'è un dolore,

che un'alma fida

soffrir non può.

Se la mia fede

così l'affanna,

perché tiranna

m'innamorò ?

XXI

Son confusa pastorella,

che nel bosco a notte oscura

senza face e senza stella,

infelice si smarrì.

Mal sicura al par di quella

l'alma anch'io gelar mi sento:

all'affanno, allo spavento

m'abbandono anch'io così.

XXII

Sogna il guerrier le schiere,

le selve il cacciator;

e sogna il pescator

le reti e l'amo.

Sopito in dolce obblio,

sogno pur io così

colei, che tutto il dì

sospiro e chiamo.

XXIII

Così stupisce e cade,
pallido e smorto in viso
al fulmine improvviso
l'attonito pastor.
Ma quando poi s'avvede
del vano suo spavento,
sorge, respira e riede
a numerar l'armento
disperso dal timor.

XXIV

L'onda dal mar divisa
bagna la valle e'l monte;
va passeggiera in fiume,
va prigioniera in fonte,
mormora sempre e geme,
fin che non torna al mar:
al mar, dov'ella nacque,

dove acquistò gli umori,

dove da' lunghi errori

spera di riposar.

XXV

ARBACE   Tu vuoi ch io viva, o cara;

ma se mi nieghi amore,

cara, mi fai morir.

MANDANE   Oh Dio, che pena amara!

Ti basti il mio rossore;

più non ti posso dir.

ARBACE   Sentimi.

MANDANE   No

ARBACE   Tu sei...

MANDANE   Parti dagli occhi miei;

lasciami per pietà.

(a due)   Quando finisce, o dei,

la vostra crudeltà?

Se in così gran dolore

d'affanno non si muore,

qual pena ucciderà ?

XXVI

Dovunque il guardo giro,
immenso Dio, ti vedo:
nell'opre tue t'ammiro,
ti riconosco in me.
La terra, il mar, le sfere
parlan del tuo potere:
tu sei per tutto; e noi
tutti viviamo in te.

XXVII

Tu non sai che bel contento
sia quel dire: offesa sono;
lo rammento, ti perdono,
e mi posso vendicar:
e mirar frattanto afflitto
l'offensor vermiglio in volto,
che pensando al suo delitto
non ardisce favellar.

XXVIII

Dunque si sfoga in pianto
un cor d'affanni oppresso,
e spiega il pianto istesso
quando è contento un cor?
Chi può sperar fra noi
piacer che sia perfetto,
se parla anche il diletto
co' segni del dolor?

XXIX

Se a ciascun l'interno affanno
si leggesse in fronte scritto,
quanti mai, che invidia fanno,
ci farebbero pietà!
Si vedria che i lor nemici
hanno in seno; e si riduce
nel parere a noi
felici ogni lor felicità.

XXX

Io sento che in petto
mi palpita il core,
né so qual sospetto
mi faccia temer.
Se dubbio è il contento,
diventa in amore
sicuro tormento
l'incerto piacer.

XXXI

Parto; ma tu, ben mio,
meco ritorna in pace.
Sarò qual più ti piace;
quel che vorrai farò.
Guardami, e tutto obblio;
e a vendicarti io volo.
Di quello sguardo
solo io mi ricorderò.

XXXII

Fra stupido e pensoso,
dubbio così s'aggira
da un torbido riposo
chi si destò talor:
che desto ancor delira
fra le sognate forme;
che non sa ben se dorme,
non sa se veglia ancor.

XXXIII

Ch'io parto reo, lo vedi;
ch'io son fedel, lo sai:
di te non mi scordai;
non ti scordar di me.
Soffro le mie catene;
ma questa macchia in fronte,
ma l'odio del mio bene
soffribile non è.

XXXIV

Se mai senti spirarti sul volto
lieve fiato, che lento s'aggiri,
dì: son questi gli estremi sospiri
del mio fido, che muore per me.
Al mio spirto dal seno disciolto
la memoria di tanti martìri
sarà dolce con questa mercé.

XXXV

Risolver non osa
confusa la mente,
che oppressa si sente
da tanto stupor.
Delira dubbiosa,
incerta vaneggia
ogni alma, che ondeggia
fra' moti del cor.

XXXVI

Sì varia in ciel talora
dopo l'estiva pioggia
l'Iride si colora,
quando ritorna il Sol.
Non cambia in altra foggia
colomba al Sol le piume,
se va cambiando lume
mentre rivolge il vol.

XXXVII

Non so: con dolce moto
il cor mi trema in petto;
sento un affetto ignoto,
che intenerir mi fa.
Come si chiama, oh Dio,
questo soave affetto?
(Ah, se non fosse mio,
lo crederei pietà).

XXXVIII

So che presto ognun s'avvede
in qual petto annidi amore;
so che tardi ognor lo vede
chi ricetto in sen gli dà.
Son d'amor sì l'arti infide,
che ben spesso altrui deride
chi già porta in mezzo al core
la ferita, e non lo sa.

XXXIX

Chi a ritrovare aspira
prudenza in core amante,
domandi a chi delira
quel senno che perdé.
Chi riscaldar si sente
a' rai d'un bel sembiante,
o più non è prudente,
o amante ancor non è.

XL

Sceglier fra mille un core,

in lui formarsi il nido,

e poi trovarlo infido,

è troppo gran dolor.

Voi, che provate amore,

che infedeltà soffrite,

dite se è pena, e dite

se se ne dà maggior.

XLI

VENERE   Odi l'aura che dolce sospira;

mentre fugge scotendo le fronde,

se l'intendi, ti parla d'amor.

PALLADE   Senti l'onda che rauca s'aggira;

mentre geme radendo le sponde,

se l'intendi, si lagna d'amor.

(a due)   Quell'affetto chi sente nel petto

sa per prova se nuoce, se giova,

se diletto produce, o dolor.

XLII

Cieco ciascun mi crede
folle ciascun mi vuole
ognun di me si duole,
colpa è di tutto Amor.
Né stolto alcun s'avvede
che a torto Amore offende;
che quel costume ei prende
che trova in ogni cor.

XLIII

Oh almen, qualor si perde
parte del cor sì cara,
la rimembranza amara
se ne perdesse ancor!
Ma quando è vano il pianto,
l'alma a prezzarla impara;
ogni negletto vanto
se ne conosce allor.

XLIV

Non so se la speranza
va con l'inganno unita;
so che mantiene in vita
qualche infelice almen.
So che sognata ancora
gli affanni altrui ristora
la sola idea gradita
del sospirato ben.

XLV

Ha negli occhi un tale incanto,
che a quest'alma affatto è nuovo;
che, se accanto a lui mi trovo,
non ardisco favellar.
Ei dimanda, io non rispondo;
m'arrossisco, mi confondo;
parlar credo, e poi m'avvedo
che comincio a sospirar.

XLVI

Oh che felici pianti!
Che amabile martìr!
pur che si possa dir
Quel core è mio.
Di due bell'alme amanti
un'alma allor si fa,
un'alma che non ha
che un sol desio.

XLVII

Fra tutte le pene
v'è pena maggiore?
Son presso al mio bene,
sospiro d'amore,
e dirgli non oso:
Sospiro per te.
Mi manca il valore
per tanto soffrire;
mi manca l'ardire
per chieder mercé.

XLVIII

Vuoi per sempre abbandonarmi ?
non ti muove il dolor mio ?
puoi negarmi un solo addio ?
Questa è troppa crudeltà.
Dimmi almeno: io t'abbandono;
dillo almen con un sospiro;
che nemiche, oh Dio! non sono
la costanza e la pietà.

XLIX

Se tutto il mondo insieme
d'Amor si fa ribelle,
inutil pregio, o belle,
diventa la beltà.
Chi più diravvi allora
che v'ama, che v'adora?
Chi più suo ben, sua speme
allor vi chiamerà?

L

DIANA   Se placar volete Amore,
belle Ninfe innamorate,
imparatelo da me.
AMOR   Voi crudel rendete Amore,
belle Ninfe innamorate,
col difendervi da me.
(a due)   Nel contrasto Amor s'accende:
con chi cede, a chi si rende
mai sì barbaro non è.

LI

Pria di lasciar la sponda,
il buon nocchiero imìta;
vedi se in calma è l'onda,
guarda se chiaro è il dì.
Voce dal sen fuggita
poi richiamar non vale;
non si trattien lo strale
quando dall'arco uscì.

LII

È pena troppo barbara
sentirsi, oh Dio, morir,
e non poter mai dir,
morir mi sento!
V'è nel lagnarsi e piangere,
v'è un'ombra di piacer;
ma struggersi e tacer
tutto è tormento.

LIII

Di due ciglia il bel sereno
spesso intorbida il rigore;
ma non sempre è crudeltà.
Ogni bella intende appieno
quanto aggiunga di valore
il ritegno alla beltà.

LIV

DEMETRIO   Non temer, non son più amante

la tua legge ho già nel cor.

BERENICE Per pietà da questo istante

non parlar mai più d'amor.

DEMETRIO   Dunque addio... Ma tu sospiri?

BERENICE Vanne: addio. Perché t'arresti?

DEMETRIO   Ah per me tu non nascesti!

BERENICE Ah non nacqui, oh Dio, per te!

(a due)   Che d'Amor nel vasto impero

si ritrovi un duol più fiero,

no, possibile non è.

LV

Che ciascun per te sospiri,

bella Nice, io son contento;

ma per altri, oh Dio! pavento

che tu impari a sospirar.

Un bel cor da chi l'adora

so che ognor non si difende:

so che spesso s'innamora

chi pretende innamorar.

LVI

Che chiedi? che brami
Ti spiega, se m'ami,
mio dolce tesoro,
mio solo pensier.
Se l'idol, che adoro,
non lascio contento,
mi sembra tormento
l'istesso piacer.

LVII

Alla selva, al prato, al fonte
io n'andrò col gregge amato;
e alla selva, al fonte, al prato
l'idol mio con me verrà.
In quel rozzo angusto tetto,
che ricetto a noi darà,
con la gioia e col diletto
l'innocenza albergherà.

LVIII

Il mio dolor vedete;
ditele il mio dolore.
Ditele... Ah no, tacete,
non lo potrà soffrir.
Del tenero suo core
deh rispettate il duolo.
Voglio morir, ma solo
lasciatemi morir.

LIX

Come rapida si vede
onda in fiume, in aria strale,
fugge il tempo, e mai non riede
per le vie, che già passò:
e a chi perde il buon momento,
che gli offerse il tempo amico,
è castigo il pentimento,
che fuggendo ei gli lasciò.

LX

Vorrei che almen per gioco
fingendo il mio bel Nume
mi promettesse il cor.
Chi sa che a poco a poco
di fingere il costume
non diventasse amor.

LXI

Ah ritorna, età dell'oro,
alla terra abbandonata,
se non fosti immaginata
nel sognar felicità.
Non è ver; quel dolce stato
non fuggì, non fu sognato;
ben lo sente ogni innocente
nella sua tranquillità.

LXII

Respira al solo aspetto

del porto, che lasciò,

chi al porto non sperò

di far ritorno.

A tutti è dolce oggetto

dopo il notturno orror

quel raggio precursor,

che annuncia il giorno.

LXIII

Un istante al cor talora

basta sol per farsi amante;

ma non basta un solo istante

per uscir di servitù.

L'augellin dal visco uscito

sente il visco fra le piume

sente i lacci del costume

una languida virtù.

LXIV

Quell'ira istessa, che in te favella,

divien sì bella nel tuo rigore,

che più d'amore languir mi fa.

Ah s'è a tal segno bello il tuo sdegno,

che mai sarebbe la tua pietà?

LXV

Trova un sol, mia bella Clori,

che ti parli, e non sospiri,

che ti vegga, e non t'adori;

e poi sdegnati con me.

Ma perché fra tanti rei

sol con me perché t'adiri?

Ah, se amabile tu sei,

colpa mia, crudel, non è.

LXVI

Vede il nocchier la sponda,

conosce il mare infido,

e s'abbandona all'onda,

e non ritorna al lido,

e corre a naufragar.

Ah per mia pena anch'io

so che nimico ho il fato,

veggo che l'idol mio

chiamar non posso ingrato,

né so di chi lagnarmi,

ma sieguo a sospirar.

DALLE «CANTATE»

I

LA TEMPESTA

No, non turbarti, o Nice; io non ritorno
a parlarti d'amor. So che ti spiace;
basta così. Vedi che il ciel minaccia
improvvisa tempesta: alle capanne
se vuoi ridurre il gregge, io vengo solo
ad offrir l'opra mia. Che! Non paventi?
Osserva che a momenti
tutto s'oscura il ciel, che il vento in giro
la polve innalza e le cadute foglie.
Al fremer della selva, al volo incerto
degli augelli smarriti, a queste rare,
che ci cadon sul volto, umide stille,
Nice, io preveggo... Ah non tel dissi, O Nice?
ecco il lampo, ecco il tuono. Or che farai ?
Vieni, senti; ove vai? Non è più tempo
di pensare alla greggia. In questo speco
riparati frattanto; io sarò teco.
Ma tu tremi, o mio tesoro!
Ma tu palpiti, cor mio!
Non temer; con te son io,
né d'amor ti parlerò.

Mentre folgori e baleni,

sarò teco, amata Nice;

quando il ciel si rassereni,

Nice ingrata, io partirò.

Siedi, sicura sei. Nel sen di questa

concava rupe in fin ad or giammai

fulmine non percosse,

lampo non penetrò. L'adombra intorno

folta selva d'allori

che prescrive del Ciel limiti all'ira.

Siedi, bell'idol mio, siedi e respira.

Ma tu pure al mio fianco timorosa ti stringi, e, come io voglia

fuggir da te, per trattenermi annodi

fra le tue la mia man? Rovini il cielo,

non dubitar, non partirò. Bramai

sempre un sì dolce istante. Ah così fosse

frutto dell'amor tuo, non del timore!

Ah lascia, o Nice, ah lascia

lusingarmene almen. Chi sa? Mi amasti

sempre forse fin or. Fu il tuo rigore

modestia, e non disprezzo; e forse questo

eccessivo spavento

è pretesto all'amor. Parla, che dici?

M'appongo al ver? Tu non rispondi? Abbassi

vergognosa lo sguardo!

Arrossisci? Sorridi? Intendo, intendo.

Non parlar, mia speranza;

quel riso, quel rossor dice abbastanza.

E pur fra le tempeste

la calma ritrovai.

Ah non ritorni mai,

mai più sereno il dì!

Questo de' giorni miei,

questo è il più chiaro giorno

Viver così vorrei,

vorrei morir così.

II

LA GELOSIA

Perdono, amata Nice,

bella Nice, perdono. A torto, è vero,

dissi che infida sei:

detesto i miei sospetti, i dubbi miei.

Mai più della tua fede,

mai più non temerò. Per que' bei labbri

lo giuro, o mio tesoro,

in cui del mio destin le leggi adoro.

Bei labbri, che Amore

formò per suo nido,

non ho più timore,

vi credo, mi fido:

giuraste d'amarmi;

mi basta così.

Se torno a lagnarmi

che Nice m'offenda,

per me più non splenda

la luce del dì.

Son reo, non mi difendo:

puniscimi, se vuoi. Pur qualche scusa

merita il mio timor. Tirsi t'adora;

io lo so, tu lo sai. Seco in disparte

ragionando ti trovo: al venir mio

tu vermiglia diventi,

ei pallido si fa; confusi entrambi

mendicate gli accenti; egli furtivo

ti guarda, e tu sorridi... Ah quel sorriso,

quel rossore improvviso

so che vuol dir! La prima volta appunto

ch'io d'amor ti parlai, così arrossisti

sorridesti così, Nice crudele.

Ed io mi lagno a torto?

E tu non mi tradisci? Infida! ingrata!

barbara!... Aimè! Giurai fidarmi, ed ecco

ritorno a dubitar. Pietà, mio bene,

son folle: in van giurai; ma pensa al fine

che amor mi rende insano

che il primo non son io che giuri in vano.

Giura il nocchier, che al mare

non presterà più fede,

ma, se tranquillo il vede,

corre di nuovo al mar.

Di non trattar più l'armi

giura il guerrier tal volta,

ma, se una tromba ascolta

già non si sa frenar.

III

LA PESCA

Già la notte s'avvicina:

vieni, o Nice, amato bene,

della placida marina

le fresch'aure a respirar.

Non sa dir che sia diletto

chi non posa in queste arene

or che un lento zefiretto

dolcemente increspa il mar.

Lascia una volta, o Nice,

lascia le tue capanne. Unico albergo

non è già del piacere

la selvaggia dimora;

hanno quest'onde i lor diletti ancora.

Qui, se spiega la notte il fosco velo,

nel mare emulo al cielo

più lucide, più belle

moltiplicar le stelle,

e per l'onda vedrai gelida e bruna

rompere i raggi e scintillar la luna.

Il giorno al suon d'una ritorta conca,

che nulla cede alle incerate avene,

se non vuoi le mie pene,

di Teti e Galatea, di Glauce e Dori

ti canterò gli amori.

Tu dal mar scorgerai sul vicin prato

pascer le molli erbette

e le tue care agnellette,

non offese dal sol fra ramo e ramo:

e con la canna e l'amo

i pesci intanto insidiar potrai;

e sarà la mia Nice

pastorella in un punto e pescatrice.

Non più fra' sassi algosi

staranno i pesci ascosi;

tutti per l'onda amara,

tutti verranno a gara

fra' lacci del mio ben.

E l'umidette figlie

de' tremuli cristalli

di pallide conchiglie,

di lucidi coralli

le colmeranno il sen.

IV

IL SOGNO

Pur nel sonno almen talora
vien colei, che m'innamora,
le mie pene a consolar.
Rendi Amor, se giusto sei,
più veraci i sogni miei,
o non farmi risvegliar.
Di solitaria fonte
sul margo assiso al primo albore, o Fille,
sognai d'esser con te. Sognai, ma in guisa
che sognar non credei. Garrir gli augelli,
frangersi l'acque e susurrar le foglie
pareami udir. De' tuoi begli occhi al lume,
come suol per costume,
fra' suoi palpiti usati era il cor mio.
Sol nel vederti, oh Dio!
pietosa a me, qual non ti vidi mai,
di sognar qualche volta io dubitai.
Quai voci udii! Che dolci nomi ottenni,
cara, da' labbri tuoi! Quali in quei molli
tremuli rai teneri sensi io lessi!
Ah se mirar potessi

quanto splendan più belle

fra i lampi di pietà le tue pupille,

mai più crudel non mi saresti, o Fille.

Qual io divenni allora,

quel che allora io pensai, ciò che allor dissi,

ridir non so. So che sul vivo latte

della tua mano io mille baci impressi;

tu d'un vago rossor tingesti il volto.

Quando improvviso ascolto

d'un cespuglio vicin scuoter le fronde:

mi volgo, e mezzo ascoso

scopro il rival Fileno,

che d'invido veleno

livido in faccia i furti miei rimira.

Fra la sorpresa e l'ira

avvampai, mi riscossi in un momento,

e fu breve anche in sogno il mio contento.

Partì con l'ombra, è ver,

l'inganno ed il piacer;

ma la mia fiamma, oh Dio!

idolo del cor mio,

con l'ombra non partì.

Se mai per un momento

sognando io son felice,

poi cresce il mio tormento,

quando ritorna il dì.

V

IL NOME

Scrivo in te l'amato nome
di colei, per cui mi moro,
caro al Sol, felice alloro,
come Amor l'impresse in me.
Qual tu serbi ogni tua fronda
serbi Clori a me costanza:
ma non sia la mia speranza
infeconda al par di te.
Or, pianta avventurosa,
or sì potrai fastosa
l'aria ingombrar con le novelle chiome;
or crescerà col tronco il dolce nome.
Te delle chiare linfe
le abitatrici ninfe;
te dell'erte pendici
le ninfe abitatrici e gli altri tutti
agresti numi al rinnovar dell'anno
con lieta danza ad onorar verranno.
Del popolo frondoso
a te sommessi or cederan l'impero
non sol gli elci, gli abeti,

le roveri nodose, i pini audaci,

ma le palme idumee, le querce alpine.

Io d'altra fronda il crine

non cingerò; non canterò che assiso

all'ombra tua: dell'amor mio gli arcani

solo a te fiderò; tu sola i doni,

tu l'ire del mio bene,

tu saprai le mie gioie e le mie pene.

Per te d'amico aprile

sempre s'adorni il ciel;

né all'ombra tua gentile

posi ninfa crudel,

pastore infido.

Fra le tue verdi foglie

augel di nere spoglie

mai non raccolga il vol;

e Filomena sol

vi faccia il nido.

DALLE «RIME»

I

VECCHIAIA

Chiamo ogni giorno ai consueti uffici
le castalidi dee: ma più non hanno
cura di me le sacre mie nutrici.
In van tempro la cetra, in van m'affanno,
ché ritrosi adattarsi i detti miei
all'armoniche leggi or più non sanno.
Qual ne sia la cagione io non saprei:
so che poco or mi val quanto adunai
da' Toschi, da' Latini e dagli Achei.
Forse è vizio del clima, a' pigri rai
del vicino Orion: forse l'ingegno
cangiò natura, e intorpidisce ormai.

DALLE « CANZONETTE »

I

LA PRIMAVERA
Scritta in Roma l'anno 1719.

Già riede primavera
col suo fiorito aspetto;
già il grato zeffiretto
scherza fra l'erbe e i fior.
Tornan le frondi agli alberi,
l'erbette al prato tornano;
sol non ritorna a me
la pace del mio cor.

Febo col puro raggio
sui monti il gel discioglie,
e quei le verdi spoglie
veggonsi rivestir.
E il fiumicel, che placido
fra le sue sponde mormora,
fa col disciolto umor
il margine fiorir.

L'orride querce annose

su le pendici alpine

già dal ramoso crine

scuotono il tardo gel.

A gara i campi adornano

mille fioretti tremuli,

non violati ancor

da vomere crudel.

Al caro antico nido

fin dall'egizie arene

la rondinella viene,

che ha valicato il mar;

che, mentre il volo accelera,

non vede il laccio pendere,

e va del cacciator

l'insidie ad incontrar.

L'amante pastorella

già più serena in fronte

corre all'usata fonte

a ricomporsi il crin.

Escon le greggie ai pascoli;

d'abbandonar s'affrettano,

le arene il pescator,

l'albergo il pellegrin.

Fin quel nocchier dolente,
che sul paterno lido,
scherno del flutto infido,
naufrago ritornò;
nel rivederlo placido
lieto discioglie l'ancore;
e rammentar non sa
l'orror che in lui trovò.

E tu non curi intanto,
Fille, di darmi aìta;
come la mia ferita
colpa non sia di te.
Ma, se ritorno libero
gli antichi lacci a sciogliere,
no che non stringerò
più fra catene il piè.

Del tuo bel nome amato,
cinto del verde alloro,
spesso le corde d'oro
ho fatto risonar.
Or, se mi sei più rigida,

vuo' che i miei sdegni apprendano

del fido mio servir

gli oltraggi a vendicar.

Ah no; ben mio, perdona

questi sdegnosi accenti;

che sono i miei lamenti

segni d'un vero amor.

S'è tuo piacer, gradiscimi;

se così vuoi, disprezzami;

o pietosa, o crudel,

sei l'alma del mio cor.

II

LA LIBERTÀ

A NICE

Scritta in Vienna l'anno 1733.

Grazie agl'inganni tuoi,
al fin respiro, o Nice,
al fin d'un infelice
ebber gli dei pietà:
sento da' lacci suoi,
sento che l'alma è sciolta;
non sogno questa volta,
non sogno libertà.

Mancò l'antico ardore,
e son tranquillo a segno,
che in me non trova sdegno
per mascherarsi amor.
Non cangio più colore
quando il tuo nome ascolto;
quando ti miro in volto
più non mi batte il cor.

Sogno, ma te non miro

sempre ne' sogni miei;

mi desto, e tu non sei

il primo mio pensier.

Lungi da te m'aggiro

senza bramarti mai;

son teco, e non mi fai

né pena, né piacer.

Di tua beltà ragiono,

né intenerir mi sento;

i torti miei rammento,

e non mi so sdegnar.

Confuso più non sono

quando mi vieni appresso;

col mio rivale istesso

posso di te parlar.

Volgimi il guardo altero,

parlami in volto umano;

il tuo disprezzo è vano,

è vano il tuo favor;

che più l'usato impero

quei labbri in me non hanno;

quegli occhi più non sanno

la via di questo cor.

Quel, che or m'alletta, o spiace.
se lieto o mesto or sono,
già non è più tuo dono,
già colpa tua non è:
che senza te mi piace
la selva, il colle, il prato;
ogni soggiorno ingrato
m'annoia ancor con te.

Odi, s'io son sincero;
ancor mi sembri bella,
ma non mi sembri quella,
che paragon non ha.
E (non t'offenda il vero)
nel tuo leggiadro aspetto
or vedo alcun difetto,
che mi parea beltà.

Quando lo stral spezzai,
(confesso il mio rossore)
spezzar m'intesi il core,
mi parve di morir.
Ma per uscir di guai,

per non vedersi oppresso,

per racquistar se stesso

tutto si può soffrir.

Nel visco, in cui s'avvenne

quell'augellin talora,

lascia le penne ancora,

ma torna in libertà:

poi le perdute penne

in pochi dì rinnova,

cauto divien per prova

né più tradir si fa.

So che non credi estinto

in me l'incendio antico,

perché sì spesso il dico,

perché tacer non so:

quel naturale istinto,

Nice, a parlar mi sprona,

per cui ciascun ragiona

de' rischi che passò.

Dopo il crudel cimento

narra i passati sdegni,

di sue ferite i segni

mostra il guerrier così.
Mostra così contento
schiavo, che uscì di pena,
la barbara catena,
che strascinava un dì.

Parlo, ma sol parlando
me soddisfar procuro;
parlo, ma nulla io curo
che tu mi presti fé:
parlo, ma non dimando
se approvi i detti miei,
né se tranquilla sei
nel ragionar di me.

Io lascio un'incostante;
tu perdi un cor sincero;
non so di noi primiero
chi s'abbia a consolar.
So che un sì fido amante
non troverà più Nice;
che un'altra ingannatrice
è facile a trovar.

III

PALINODIA

A NICE

Scritta in Vienna l'anno 1746.

Placa gli sdegni tuoi;

perdono, amata Nice;

l'error d'un infelice

è degno di pietà.

È ver, de' lacci suoi

vantai che l'alma è sciolta;

ma fu l'estrema volta

ch'io vanti libertà.

È ver, l'antico ardore

celar pretesi a segno

che mascherai lo sdegno,

per non scoprir l'amor:

ma cangi o no colore,

se nominar t'ascolto

ognun mi legge in volto

come si sta nel cor.

Pur desto ognor ti miro,
non che ne' sogni miei;
che ovunque tu non sei
ti pinge il mio pensier.
Tu, se con te m'aggiro,
tu, se ti lascio mai,
tu delirar mi fai
di pena o di piacer.

Di te s'io non ragiono,
infastidir mi sento,
di nulla mi rammento,
tutto mi fa sdegnar.
A nominarti io sono
sì avvezzo a chi m'appresso
che al mio rivale istesso
soglio di te parlar.

Da un sol tuo sguardo altero,
da un sol tuo detto umano
io mi difendo in vano,
sia sprezzo o sia favor.
Fuor che il tuo dolce impero,
altro destin non hanno,
che secondar non sanno

i moti del mio cor.

Ogni piacer mi spiace
se grato a te non sono;
ciò, che non è tuo dono,
contento mio non è.
Tutto con te mi piace,
sia colle, o selva, o prato;
tutto è soggiorno ingrato
lungi, ben mio, da te.

Or parlerò sincero:
non sol mi sembri bella,
non sol mi sembri quella,
che paragon non ha;
ma spesso, ingiusto al vero,
condanno ogni altro aspetto;
tutto mi par difetto,
fuor che la tua beltà.

Lo stral già non spezzai;
che in van per mio rossore
trarlo tentai dal core,
e ne credei morir.
Ah, per uscir di guai,

più me ne vidi oppresso;

ah di tentar l'istesso

più non potrei soffrir.

Nel visco, in cui s'avvenne

quell'augellin talora,

scuote le penne ancora

cercando libertà;

ma in agitar le penne

gl'impacci suoi rinnova;

più di fuggir fa prova,

più prigionier si fa.

No, ch'io non bramo estinto

il caro incendio antico;

quanto più spesso il dico,

meno bramar lo so.

Sai che un loquace istinto

gli amanti ai detti sprona;

ma, fin che si ragiona,

la fiamma non passò.

Biasma nel rio cimento

di Marte ognor gli sdegni,

e ognor di Marte ai segni

torna il guerrier così.
Torna così contento
schiavo, che uscì di pena,
per uso alla catena,
che detestava un dì.

Parlo, ma ognor parlando
di te parlar procuro;
ma nuovo amor non curo,
non so cambiar di fé:
parlo, ma poi dimando
pietà dei detti miei;
parlo, ma sol tu sei
l'arbitra ognor di me.

Un cor non incostante ,
un reo così sincero
ah l'amor tuo primiero
ritorni a consolar.
Nel suo pentito amante
almen la bella Nice
un'alma ingannatrice
sa che non può trovar.

Se mi dai di pace un pegno,

se mi rendi, o Nice, il cor,

quanto già cantai di sdegno,

ricantar vogl'io d'amor.

IV

LA PARTENZA

Composta dall'autore in Vienna l'anno 1746.

Ecco quel fiero istante;

Nice, mia Nice, addio.

Come vivrò, ben mio,

così lontan da te?

Io vivrò sempre in pene,

io non avrò più bene;

e tu, chi sa se mai

ti sovverrai di me!

Soffri che in traccia almeno

di mia perduta pace

venga il pensier seguace

su l'orme del tuo piè.

Sempre nel tuo cammino,

sempre m'avrai vicino;

e tu, chi sa se mai

ti sovverrai di me!

Io fra remote sponde

mesto volgendo i passi,

andrò chiedendo ai sassi,

la ninfa mia dov'è?

Dall'una all'altra aurora

te andrò chiamando ognora,

e tu, chi sa se mai

ti sovverrai di me!

Io rivedrò sovente

le amene piagge, o Nice,

dove vivea felice,

quando vivea con te.

A me saran tormento

cento memorie e cento;

e tu, chi sa se mai

ti sovverrai di me!

Ecco, dirò, quel fonte,

dove avvampò di sdegno,

ma poi di pace in pegno

la bella man mi diè.

Qui si vivea di speme;

là si languiva insieme;

e tu, chi sa se mai

ti sovverrai di me!

Quanti vedrai giungendo
al nuovo tuo soggiorno,
quanti venirti intorno
a offrirti amore e fé!
Oh Dio! chi sa fra tanti
teneri omaggi e pianti,
oh Dio! chi sa se mai
ti sovverrai di me!

Pensa qual dolce strale,
cara, mi lasci in seno:
pensa che amò Fileno
senza sperar mercé:
pensa, mia vita, a questo
barbaro addio funesto;
pensa... Ah chi sa se mai
ti sovverrai di me!

DAGLI «EPITALAMI»

Epitalamio scritto in Napoli dall'autore, nella prima sua gioventù, per le nozze degli eccellentissimi signori D. Giambatista FILOMARINO, principe della Rocca, e di donna Vittoria CARACCIOLI, de' marchesi di S. Eramo, l'anno 1722.

Scendi propizia

col tuo splendore,

o bella Venere,

madre d'Amore,

o bella Venere,

che sola sei

piacer degli uomini

e degli dei.

Tu colle lucide

pupille chiare

fai lieta e fertile

la terra e 'l mare.

Per te si genera

l'umana prole

sotto de' fervidi

raggi del sole.

Presso a' tuoi placidi

astri ridenti

le nubi fuggono,

fuggono i venti.

A te fioriscono

gli erbosi prati,

e i flutti ridono

nel mar placati.

Per te le tremule

faci del cielo

dell'ombre squarciano

l'umido velo.

E, allor che sorgono

in lieta schiera

i grati zefiri

di primavera,

te, dea, salutano

gli augei canori,

che in petto accolgono

tuoi dolci ardori.

Per te le timide

colombe i figli

in preda lasciano

de' fieri artigli.

Per te abbandonano

dentro le tane

i parti teneri

le tigri ircane.

Per te si spiegano
le forme ascose;
per te propagano
l'umane cose.
Vien dal tuo spirito
dolce e fecondo
ciò che d'amabile
racchiude il mondo.
Scendi propizia
col tuo splendore,
o bella Venere,
madre d'Amore,
o bella Venere,
che sola sei
piacer degli uomini
e degli dei.

DALLE «STROFE PER MUSICA»

DA CANTARSI A CANONE

I

Ti sento, sospiri,
ti lagni d'Amore:
ma soffri, mio core,
ma impara a tacer;
che cento martìri
compensa un piacer.

II

Che cangi tempre
mai più non spero
quel cor macchiato
d'infedeltà.
Io dirò sempre
nel mio pensiero:
chi m'ha ingannato
m'ingannerà.

III

So che vanti un core ingrato:
più non spero innamorarti,
né ti posso abbandonar.
Questo, o Nice, è il nostro fato:
io son nato per amarti,
tu per farmi sospirar.

IV

Nel mirarvi, o boschi amici,
sento il cor languirmi in sen.
Mi rammento i dì felici,
mi ricordo del mio ben.

V

Sei tradito, e pur, mio core,
nel tuo caso ancor che fiero,
non sei degno di pietà.
Non di Nice, è tuo l'errore,
che da un sesso menzognero

pretendesti fedeltà.

VI

Sempre sarò costante,
sempre t'adorerò.
Benché spietata,
mio ben ti chiamerò:
e sfortunato ancor,
ma fido amante,
sempre sarò costante,
sempre t'adorerò.

VII

Perché, se mia tu sei,
perché, se tuo son io,
perché temer, ben mio,
ch'io manchi mai di fé?
Per chi cangiar potrei,
per chi cangiar desio,
mio ben, se tuo son io,
se il cor più mio non è?

DAI «SONETTI»

I

Scrivendo l'autore in Vienna l'anno 1733 la sua Olimpiade, si sentì commosso fino alle lagrime nell'esprimere la divisione di due teneri amici. e meravigliandosi che un falso e da lui inventato disastro potesse cagionargli una sì vera passione, si fece a riflettere quanto poco ragionevole e solido fondamento possano aver le altre, che soglion frequentemente agitarci nel corso di nostra vita.

Sogni e favole io fingo; e pure in carte

mentre favole e sogni orno e disegno,

in lor, folle ch'io son, prendo tal parte,

che del mal che inventai piango e mi sdegno.

Ma forse, allor che non m'inganna l'arte,

più saggio io sono? È l'agitato ingegno

forse allor più tranquillo? O forse parte

da più salda cagion l'amor, lo sdegno?

Ah che non sol quelle, ch'io canto o scrivo

favole son; ma quanto temo o spero,

tutto è menzogna, e delirando io vivo!

Sogno della mia vita è il corso intero.

Deh tu, Signor, quando a destarmi arrivo,

fa ch'io trovi riposo in sen del Vero.

II

Scritto in Vienna al cavaliere Carlo BROSCHI, inviandogli il dramrna della Nitteti, da eseguirsi sotto la sua direzione alla corte cattolica. L'affettuoso nome di gemello, usato fra il predetto cavaliere e l'autore, è allusivo all'essere entrambi, per dir così, nati insieme alla luce del pubblico; poiché l'uno fu udito con ammirazione la prima volta in Napoli, cantando nell'Angelica e Medoro, primo componimento uscito dalla penna dell'altro.

Questa, nata pur or qui presso al polo,

mia prole ch'io consacro al soglio libero,

raccogli, o Carlo, ed a prostrarti al suolo

le insegna, ospite, amico e condottiero.

Pensa che il suo destin fido a te solo;

che sei dell'opra eccitator primiero;

e che appreser gemelli a sciorre il volo

la tua voce in Parnaso e il mio pensiero.

Pensa che, quando te l'Italia ostenta

per onor dell'armonica famiglia,

l'onor de' carmi un tuo dover diventa.

E, se questo dover non ti consiglia,

grato l'amor del padre almen rammenta,

e del padre l'amor rendi alla figlia.